AF742684

www.ingramcontent.com/pod-product-compliance
Lightning Source LLC
LaVergne TN
LVHW051010051026
849532LV00005B/1885

* 9 7 8 9 3 5 8 7 2 3 0 3 8 *

ترکی کے کچھ افسانے

ترجمہ:

کرنل (ر) مسعود شیخ

Turki ke kuch Afsane *(Short Stories)*

by: Masood Sheikh

Edition: May '2024

Publisher :

Taemeer Publications LLC (Michigan, USA / Hyderabad, India)

ISBN 978-93-5872-303-8

9 789358 723038

کتاب	:	**ترکی کے کچھ افسانے**
مترجم	:	**کرنل (ر) مسعود شیخ**
جمع و ترتیب	:	اعجاز عبید
صنف	:	فکشن
ناشر	:	تعمیر پبلی کیشنز (حیدر آباد، انڈیا)
سالِ اشاعت	:	۲۰۲۴ء
صفحات	:	۳۸
سرورق ڈیزائن	:	تعمیر ویب ڈیزائن

فہرست

راہوں کے ساتھی

یشار کمال

اس نے گھوڑوں کی باگیں یکّے کے بم سے باندھیں اور شلوار کا گھیرا اپنے آگے پھیلا کر جیب کی ساری نقدی اس پر ڈھیر کر دی۔ گھوڑوں کی گردنیں لٹکی ہوئی تھیں اور وہ آہستہ آہستہ اونگھتے اونگھتے سڑک کی دھول میں پاؤں گھسیٹتے آگے بڑھ رہے تھے۔ گھوڑے، یکہ اور کوچوان سبھی گرد سے اٹے پڑے تھے۔ گرد کی وجہ سے گھوڑوں کا اصلی رنگ دکھائی دے رہا تھا نہ یکے کا۔ کوچوان کے گرد آلود وجود میں صرف اس کی آنکھیں اور دانت ہی تھے جو چمکتے نظر آرہے تھے۔

"چھ بوریاں" کوچوان نے اپنے آپ سے کہا۔ "چھ بوریاں دو لیرے کے حساب سے کل کتنے لیرے بنے؟ بارہ لیرے۔"

پھر اس نے شلوار کے گھیر پر بکھرے پیسوں کو بار بار گنا۔

"پورے نو لیرے۔ باقی تین لیرے کیا ہوئے؟"

ذرا سوچ کر بولا۔ "شربت، برف، روٹی۔ لیکن اتنی رقم تو نہیں بنتی۔"

پھر جھلا کر بولا "چلو نہیں بنتی تو نہ بنے۔"

اس نے پیسے سمیٹ کر دوبارہ جیب میں ڈالے۔ ایک کاغذ میں آہستہ آہستہ

تمباکو لپیٹ کر سگریٹ بنایا۔ ماچس پر نگاہ ڈالے بغیر دیا سلائی جلائی اور بے اعتنائی سے ہونٹوں میں لرزتا سگریٹ سلگا کر لمبا کش لیا۔ اس کے چہرے سے جی بھر کر بیزاری ٹپک رہی تھی۔

سڑک کے کنارے کنارے کپاس کے پودوں کو بھی گرد نے ڈھانپ رکھا تھا۔ پوری فصل مرجھائی مرجھائی سی تھی۔ اس نے دل ہی دل میں کہا۔ "بارش ہو جائے تو کتنا اچھا ہو۔ بیچارے پودوں کی گردنیں بھی جھک گئی ہیں۔"

اب سڑک کے دونوں طرف ایسے کھیت تھے جن میں سے فصل کاٹی جا چکی تھی۔ فصل کے ٹھنٹھ گرد میں ڈوبے ہوئے تھے۔ دھوپ کی تیزی کے باوجود ان کی چمک پھیکی پھیکی سی تھی۔ سڑک کی دائیں جانب سورج مکھی کا ایک کھیت تھا۔ یکہ اس کھیت کے قریب پہنچا۔ سورج مکھی کے تمام پھول سورج کی طرف منہ پھیرے کھڑے تھے۔ سورج خاصہ خشمگیں تھا۔ ہوا نام کی کوئی چیز موجود نہ تھی۔ بہت آہستہ چلنے کے باوجود گرمی کی شدت نے گھوڑوں کو پسینے میں نہلا دیا تھا۔

سورج مکھی کے کھیتوں کے آگے والی زمین میں مکئی بیجی ہوئی تھی۔ گہرے سبز رنگ کے بُھٹوں میں سے سنہرے اور سرخ رنگ کے پھندنے لٹک رہے تھے۔ دھوپ کی تیزی میں تازہ کٹے ہوئے گھاس کی بساندرچی ہوئی تھی جو کسی دلدل کی یاد دلاتی تھی۔ گھوڑے گردنیں بڑھا بڑھا کر سڑک کے ساتھ ساتھ کھڑی مکئی کی فصل پر ہاتھ صاف کرنے لگے۔ وہ بھول چکے تھے کہ یکے میں جُتے ہوئے ہیں۔ تھوڑی دیر کے لیے رکتے اور پھر خود بخود آگے بڑھ جاتے۔ کوچوان کبھی کبھی باگیں کھینچ کر "چلو بچو چلو، کی آواز لگا دیتا۔ دوپہر ہوئی تو دھوپ کی تیزی مزید شدت پکڑ گئی۔

گھوڑوں کی طرح کوچوان بھی پسینے میں نہانے لگا۔ پسینے کے قطروں نے اس کے گرد بھرے چہرے پر راستے تراشے اور پھر نیچے کو سرکنا شروع ہو گئے۔ یکدم یکہ رک گیا۔ کوچوان نے "چلو بچو چلو" کی صدا لگائی اور پھر سر ہلا کر سڑک پر نظر دوڑائی۔

ایک عورت آنکھیں ڈھانپے سڑک کے بیچوں بیچ چلی جارہی تھی۔ کوچوان کی آواز سن کر سڑک کے کنارے ہو گئی۔ یکہ پھر چل پڑا۔ عورت ننگے پاؤں تھی۔ سڑک کی مٹی بھٹی کی ریت کی طرح گرم تھی۔ عورت کی چال اس کے جلتے پاؤں کی نشاندہی کر رہی تھی۔

کوچوان نے سڑک کے کنارے چلتی عورت کو اشارہ کیا۔ عورت قریب آئی اور پیچھے سے یکے پر سوار ہو گئی۔ کوچوان کے پیچھے کمر کر کے جا بیٹھی۔ کوچوان نے "چلو بچو چلو" کی ایک اور آواز لگائی مگر گھوڑوں نے کوئی توجہ نہ دی۔ پہلے کی طرح مردہ چال چلتے رہے۔

سڑک کے قریب ایک کھیت میں شہتوت کا اکلوتا پیڑ نظر آرہا تھا۔ گھوڑے خود بخود سڑک چھوڑ کر اس کے سائے میں جا کھڑے ہوئے۔ شہتوت کا درخت بھی اوپر سے نیچے تک مٹی سے لدا ہوا تھا۔ چلچلاتی دھوپ میں اس کا سایہ کچھ زیادہ ہی گہرا دکھائی دے رہا تھا۔ اتنا گہرا کہ انسان کو اندھیرے کا گمان ہونے لگے۔ کوچوان یکے کے ایک طرف سے پھٹے سے کمر لگائے بیٹھا تھا۔ گھوڑے رکے تو وہ بھی سیدھا ہو بیٹھا۔ اس نے پہلی بار عورت پر اچٹتی نگاہ ڈالی۔ عورت کے جسم کا کوئی بھی حصہ نظر نہیں آرہا تھا۔ اس نے اپنے آپ کو یوں ڈھانپ رکھا تھا کہ آنکھیں تک دکھائی نہیں دیتی تھیں۔

کوچوان نے یکے کے دراز سے ایک پوٹلی نکالی۔ پوٹلی میں حلوہ تھا۔ میدے کی ایک ڈبل روٹی بھی تھی۔ اس نے "آؤ جی" کہہ کر عورت کو دعوت دی۔

عورت نے سر ہلا کر "نہ" کا اشارہ کیا۔ کوچوان نے آہستہ آہستہ سارا حلوہ اور ڈبل روٹی ختم کر دی۔ پھر اس نے دراز سے ایک بھورے رنگ کا لفافہ نکالا۔ لفافہ کھولا تو کچلے ہوئے آڑوؤں پر نظر پڑی۔ اس نے وہ آڑو اٹھائے جو ذرا اچھی حالت میں تھے۔ اور اس کی طرف کمر کر کے یکے میں بیٹھی عورت کے آگے رکھ دیئے۔ عورت نے کچھ کہے بغیر آڑو لے لیے۔ ایک ہاتھ سے چہرے کی چادر تھامی اور دوسرے ہاتھ سے آڑو کھانے لگی۔ کوچوان نے کچلے مسلے تمام آڑو چٹ کرنے کے بعد آنکھیں موند لیں۔ کمر کو پھر یکے کے پھٹے کا سہارا دیا اور وہیں ڈھیر ہو گیا۔ جب آنکھ کھلی تو شہتوت کے پیڑ کا سایہ مشرق کو سرک چکا تھا۔ گھوڑوں پر دھوپ آچکی تھی۔

"چلو۔۔۔۔۔۔ بچو۔" اس نے لمبی سی صدا لگائی۔ یکہ آہستہ آہستہ روانہ ہوا۔ اس دوران میں کوچوان پیچھے نظر ڈالنے سے رہ نہ سکا۔ عورت اسی طرح بے حس و حرکت بیٹھی دکھائی دی۔ اس کی کمر اب بھی کوچوان کی طرف تھی۔

یکّہ سڑک پر آیا تو کوچوان نے پہلی بار گھوڑوں پر چابک چلائی۔ "چلو بچو چلو"۔ یکہ معمولی سا تیز ہوا۔ پیچھے تھوڑی دھول چھوڑی۔ لیکن تھوڑی ہی دیر بعد پھر پرانی رفتار پر آ گیا۔

کوچوان نے پھر اپنی گرد آلودہ شلوار کا گھیر آگے پھیلایا، جیب سے پیسے نکال کر اس پر ڈھیر کیے اور پھر گننا شروع کر دیا۔ گہری خاموشی میں پیسوں کی جھنکار کچھ

زیادہ ہی گونج رہی تھی۔

اس نے پیسے گن کر پھر جیب میں بھر لیے۔ گھوڑوں کو ہلکی سی چابک لگائی، پھر پیچھے بیٹھی ہوئی عورت سے یوں مخاطب ہوا:

"باجی کہاں سے آ رہی ہو؟ کدھر جانا ہے؟"

عورت نے ہلکی سی آواز میں جواب دیا: "قصبے سے۔"

دور دور تک کھیت ہی کھیت نظر آ رہے تھے۔ بعض کھیتوں میں ہل چلایا جا چکا تھا، بعض بالکل ہرے بھرے، بعض سنہرے اور اکثر گرد سے اٹے پڑے تھے۔ کھیتوں کو سفید فیتے کی طرح کاٹتی سڑک پر گھٹنے گھٹنے مٹی کا دریا بہہ رہا تھا۔ یکہ مردہ چال سے آگے بڑھ رہا تھا۔ سورج اب خاصہ ڈھل چکا تھا۔

"اور کس گاؤں جا رہی ہو؟"

"سکھو چک۔"

"میرا گاؤں حمیدیہ ہے۔"

"تمہارا گاؤں ہمارے گاؤں سے دو گاؤں اس طرف ہے نا؟"

"ہاں دو گاؤں ادھر۔"

پھر خاموشی چھا گئی۔ کچھ دیر بعد کوچوان نے پھر پوچھا:

"قصبہ میں کیا کام تھا؟"

عورت خاموش رہی۔ کوئی جواب نہ دیا۔ کوچوان کو حیرت سی ہوئی۔ اس نے دوبارہ پوچھا:

"کیا کام تھا قصبہ میں؟"

عورت نے پھر کوئی جواب نہ دیا کوچوان کا تجسس اور بڑھا۔ تھوڑی دیر غصے سے خاموش رہا۔ لیکن پھر اپنے تجسس پر قابو نہ پا سکا۔

"باجی کیا بات تھی؟ کوئی رازدارانہ معاملہ تھا کیا؟"

آخر عورت نے جواب دیا:

"نہیں میرے بھائی، ایسی کوئی بات نہیں تھی۔"

ناٹے قد کا دبلا پتلا کوچوان بجلی کی طرح تیز تھا۔ اس کی پتلی سی گردن کی رگیں ابھر کر باہر نکل رہی تھیں۔ موٹی موٹی بھنووں کا رنگ کالا سیاہ تھا۔ اس نے سیاہ رنگ کی شلوار اور پیلے رنگ کی صدری پہن رکھی تھی۔ سر پر نئی ٹوپی تھی جو دائیں جانب سرکی ہوئی تھی۔

عورت نے بات جاری رکھی: "اللہ اسے اندھا کرے، اس نے مجھے طلاق دے دی تھی نا۔ میں حکومت سے اپنے کاغذ لینے گئی تھی۔ لے آئی ہوں۔"

"اچھا تو یہ بات تھی۔"

دور بحیرہ روم کے اوپر دودھ کی طرح سفید بادل بادبانوں کی شکل میں آسمان کی طرف بڑھ رہے تھے۔ مغرب سے ہلکی سی ہوا چلی اور معمولی دھول اڑا کر غائب ہو گئی۔ کوچوان نے سلسلہ کلام جاری رکھا:

"تم تو اس گرمی میں مر گئی ہو گی۔ یہ چہرے کی چادر ہٹا کیوں نہیں دیتی؟ وہاں کون ہے جو دیکھے گا تمہیں؟ اس اجاڑ بیابان علاقے میں کون بیٹھا ہے؟ چلو اتارو اسے۔"

عورت نے چہرے سے چادر ہٹا دی۔ پہلو بدل کر منہ کوچوان کی طرف کر لیا۔

موٹی سیاہ آنکھیں، آگ کی طرح دہکتا لال سرخ چہرہ، موٹے موٹے ہونٹ، چوڑے چہرے کے مقابلے میں پتلی اور نوکدار ٹھوڑی، مختصر یہ کہ خاصی خوبصورت عورت تھی۔ اس کی کلائیاں موٹی اور کولہے بھرے بھرے سے تھے۔ لمبی گردن پر مٹی کی تہہ اور اس پر موتیوں کی طرح پسینے کے قطرے جمع تھے۔

کوچوان پیچھے مڑ مڑ کر عورت کو دیکھتا اور پھر منہ آگے کر کے آنکھیں بند کر لیتا۔ "چلو بچو چلو" ۔ اس بار جو وہ پیچھے مڑا تو عورت کو دیر تک گھورتا رہا۔ عورت نے اس کی چبھتی نظروں سے شرما کر آنکھیں جھکا لیں۔ کوچوان نے پوچھا:

"باجی، تمہارا نام کیا ہے ؟"

"آمنہ۔"

"آمنہ یہ تمہارا خاوند جو تھا نا، بیوقوف تھا۔"

"واقعی بیوقوفوں کا بیوقوف تھا۔ خدا اندھا کرے اسے۔"

اب پچھوا تیز ہو چکی تھی۔ سڑک پر جتنی مٹی تھی ساری کی ساری اڑ کر ہوا میں مل رہی تھی۔ گھوڑے، یکہ، ہر شَے مٹی میں چھپ گئی تھی۔

کالی ندی پہنچ کر کوچوان نے باگیں کھینچیں۔ گھوڑے خود بخود رک گئے۔ ندی کے پل کے دوسری طرف سڑک کے دونوں جانب سرکنڈوں کے گھنے جھنڈ تھے۔ سڑک ان سرکنڈوں کے بیچ میں سے گزر کر کالا گاؤں کو جاتی ہے لیکن یہاں پر آمدو رفت اتنی کم تھی کہ مٹی کے ڈھیروں نے سڑک کو چھپا لیا تھا۔ بعض جگہوں پر تو سڑک کے عین بیچ میں چھوٹے چھوٹے سرکنڈے اگ آئے تھے۔ کوچوان نے اس سڑک پر چلنے کے لیے گھوڑوں کو چابک لگائی۔ گھوڑوں نے اگلے پاؤں ہوا میں

اٹھائے اور سرکنڈوں کے بیچ میں جا گھسے۔ یکہ ڈولنے لگا۔ عورت پیچھے کو یوں پھسلی جیسے ابھی گری کہ گری۔ یکہ سرکنڈوں کے ایک بڑے سے جھنڈ میں جا پھنسا اور پھر آگے نہ جا سکا۔ اس کے چاروں طرف سرکنڈوں کی دیوار کھڑی تھی۔ کوچوان کی سانس پھول رہی تھی۔ اس نے عورت سے کہا "چلو گھوڑوں کو ذرا دم لینے دیں۔ تھوڑی دیر بعد چلتے ہیں۔"

اس نے عورت کے چہرے کی طرف دیکھا۔ عورت خاموش تھی۔ گویا وہاں موجود ہی نہ ہو۔

کوچوان پھر بولا:

"جونہی گھوڑے ذرا تازہ دم ہو جاتے ہیں۔۔۔"

عورت نے پھر زبان نہ کھولی۔ کوچوان رک گیا۔ تلملاتے ہوئے تھوک نگل کر بولا:

"وہ تمہارا خاوند تھا ناں۔۔۔۔۔۔" یہ کہہ کر کچھ دیر خاموش رہا۔ پھر بولا:

"وہ بھی بڑا احمق تھا۔ یعنی اگر وہ انسان ہوتا ناں۔۔۔۔۔۔"

عورت نے اس کی بات پوری ہونے سے پہلے ہی رائے دی:

"نرا جنگلی کا جنگلی ہے، بھائی میرے۔ دوسروں کے کام کرتا ہے اور دوسروں ہی کی عقل پر چلتا ہے۔"

کوچوان نے یکے کے ارد گرد چکر کاٹے۔ پھر ہاتھ میں ایک سرکنڈا اٹھایا اور اس کے ٹکڑے ٹکڑے کر دیئے۔ ان ٹکڑوں کو زور سے زمین پر پٹخا اور بجلی کی طرح کوند کر عورت کو کلائی سے پکڑ لیا۔

عورت چلائی: "کیا کر رہے ہو کمبخت، کیا کر رہے ہو؟"

کوچوان نے عورت کی آنکھوں میں آنکھیں ڈال کر منت کی: "شور نہ کرو۔"

عورت نے جھک کر اس کے ہاتھ سے کلائی چھڑائی۔ یکے سے نیچے کودی اور پیدل سڑک کی جانب بڑھنے لگی۔ کوچوان نے بھاگ کر پیچھے اس کی کمر میں ہاتھ ڈالے۔ عورت نے مڑ کر کہا:

"پاگل تو نہیں ہو گئے کہیں؟ کمبخت تم پاگل تو نہیں ہو؟"

اپنے آپ کو کوچوان کی گرفت سے چھڑا کر وہ پھر سڑک کی طرف بڑھی۔ پیچھے سے کوچوان نے آواز دی:

"آمنہ، میرا کوئی نہیں ہے۔ نہ ماں، نہ باپ، نہ بیوی۔ یہ گھوڑے اور یہ یکہ میرے اپنے ہیں۔ گاؤں میں تین ٹکڑے زمین بھی ہے میری۔"

عورت رکی۔ کوچوان نے آگے بڑھ کر اسے پھر کلائی سے جا پکڑا۔ کلائی کو زور سے بھینچا۔ جذبات کے تلاطم میں اس کا سر چکرا رہا تھا۔ اسے ارد گرد کی دنیا اور سر کنڈے گھومتے نظر آ رہے تھے۔ عورت نے پوچھا:

"واقعی؟"

"واقعی یہ گھوڑے میرے اپنے ہیں۔ گائیں بھی ہیں۔"

"کیا تمہارا کوئی رشتہ دار نہیں؟"

"کوئی نہیں۔ کوئی بھی نہیں۔ کوئی نہیں۔۔۔۔۔"

جب وہ سر کنڈوں سے نکل کر سڑک پر آئے تو پچھوا اپنی پوری تندی سے چل رہی تھی۔ کوچوان نے عورت کے گاؤں پہنچ کر ہوا میں اڑتے گھوڑوں کی باگیں

کھینچیں۔ یکہ جہاں تھا وہیں رک گیا۔ کوچوان نے پیچھے مڑ کر دھول میں اٹی عورت کی طرف دیکھا۔ دونوں کی آنکھیں چار ہوئیں۔ عورت کی کسی حرکت سے اس کے نیچے اترنے کے ارادے کا اظہار نہ ہوا۔ جہاں بیٹھی تھی وہیں بیٹھی رہی۔

کوچوان نے یاد دلایا: "آمنہ تمہارا گاؤں آگیا ہے۔"

عورت نے بیٹھے بیٹھے جواب دیا۔ "ہاں، میرا گاؤں۔"

اور کوچوان نے پھر گھوڑوں کو چابک لگائی۔ یکہ سیدھی سڑک پر گرد و غبار کے بادل اڑاتا کوچوان کے گاؤں حمیدیہ کی طرف بڑھ رہا تھا۔

***

ایک کشتی چار مسافر

عرشے پر بجھے بجھے بلب کی روشنی میں چار شخص بیٹھے تھے۔ ایک بھورے بالوں والی خاتون ایک قصاب جس سے کچے گوشت کی بساند آرہی تھی ایک گنجے سر والا پروفیسر منہ میں پائپ تھامے ایک گوراچٹا نوجوان۔ چاروں کے پہنچنے سے پہلے ہی آخری اسٹیمر چھوٹ چکا تھا۔ اس کشتی کے کپتان نے جو نیند میں دھت تھا فی کس پانچ لیروں کا مطالبہ کیا تو چاروں کود کر جھٹ کشتی میں سوار ہو گئے۔

انجن سے چلنے والی یہ کشتی اندھیرے میں پانی کو چیرتے آگے بڑھ رہی تھی۔ بھورے بالوں والی عورت ٹانگ پر ٹانگ ٹکائے سگریٹ کے کش لگا رہی تھی۔ سگریٹ کے دھوئیں کو ایک شاندار انداز میں رات کی خنکی کی طرف چھوڑ رہی تھی۔

گورے چٹے نوجوان کی نگاہیں خاتون کے گھٹنوں پر مرکوز تھیں گو اس کا ذہن ابھی تک شراب خانے کی اس ویٹرس کی بھری بھری رانوں میں الجھا ہوا تھا جس سے وہ تھوڑی ہی دیر پہلے جدا ہوا تھا۔ پروفیسر کا دماغ اس مقالے میں پھنسا ہوا تھا جو وہ ٹرام میں سفر کے دوران پڑھ چکا تھا۔ قصاب ادھر مونگ پھلی کھا رہا تھا اور ادھر

اس بل کے بارے میں سوچ رہا تھا جو بکروں کے تھوک کے بیوپاری نے اسے بھیجا تھا۔ چلو قرامانی بکرے ڈیڑھ سو لیرے مان بھی لو مگر اس ناہنجار نے پہاڑی بکروں کی قیمت ایک سو اسی کے حساب سے کیسے لگائی ہے۔؟"

رات کے وقت آسمان پر ستاروں کا نام ونشان نہیں تھا۔ سمندر کی موجوں میں معمولی سا اضطراب دکھائی دیتا تھا۔ کشتی سے ٹکراتی چھوٹی چھوٹی لہروں کی پھوار کبھی کبھی ترپال کے گدوں کو بھگو جاتی تھی۔ کشتی استنبول کے ساحلی قصبوں کو پیچھے چھوڑتی جزیروں کی جانب بڑھ رہی تھی۔ بھورے بالوں والی خاتون کو سردی لگی ہو گی کہ وہ یکدم عرشے سی اٹھی اور ہوا سے اڑتی اسکرٹ کو تھامے تھامے کمرے کی طرف لپکی۔ اندر داخل ہوتے ہی اس کا سر چکرانے لگا۔ کیونکہ کمرہ جلتے پٹرول اور دہکتے لوہے کی ملی جلی بو سے بھرا ہوا تھا۔ خاتون نے فوراً ایک کھڑکی کھولی اور اس کے بالمقابل بیٹھ گئی۔

چاملی جا کی ڈھلانوں سے ہوائی جہاز مار گرانے والی توپوں کی دو عدد سرچ لائٹیں اندھیرے گھپ آسمان کو کھنگال رہی تھیں۔ ان میں سے ایک آہستہ آہستہ دائیں سے بائیں حرکت کر رہی تھی جبکہ دوسری بائیں سے دائیں سرک رہی تھی۔ دونوں شعاعیں وسط میں ایک جگہ پہنچ کر اکھٹی ہوتیں تو دیکھنے والوں کی آنکھیں چندھیا جاتیں۔

خاتون اسی نظارے سے لطف اندوز ہونے میں مگن تھی کہ قریب ہی سے جگنو کی طرح کی کوئی عجیب سی روشنی اڑ کر سمندر میں جا گری۔ اس کے بعد ایک اور پھر اور یکے بعد دیگرے روشنی کی چنگاریوں کا ایک لامتناہی سلسلہ جاری ہو گیا۔ عورت

اپنے خیالوں میں ڈوبی کچھ دیر ایک دوسرے کا پیچھا کرنے والے ان روشنی کے مکوڑوں کو ایک ایک کر کے کالے سیاہ سمندر میں گرتے اور پھر چینی سیاہی کی طرح پگھلتے دیکھتی رہی۔ پھر اچانک اسے پگھلتے لوہے کی وہ بو یاد آئی جس نے کمرے میں داخل ہوتے ہی اس کا استقبال کیا تھا۔ وہ اچھل کر اپنی جگہ سے اٹھی اور کپتان کے کمرے کی طرف لپکی۔ اس کمرے کے دروازے میں سے ہلکا سے دھواں باہر آ رہا تھا۔ وہ گھبرا کر دروازے کے ساتھ چمٹ گئی۔ تب اس نے چہرہ جھلساتے دھوئیں میں سے دیکھا کہ اندر کپتان اور اس کا میٹ جور سے سے کشتی کو ساحل سے باندھنے کا کام کرتا ہے۔ دونوں خون پسینے سے تر زمین پر آلتی پالتی مارے ہاتھ پاؤں مار رہے ہیں۔ تھوڑی دیر کے لئے اسے یوں محسوس ہوا جیسے وہ بے ہوش ہونے کو ہے پھر آگ آگ بچاؤ بچاؤ چلاتی کمرے سے باہر کود گئی۔

عورت کے چلانے کی وجہ سے عرشے پر بھگدڑ مچ گئی۔ وہ چونکہ کپتان کے کمرے کا دروازہ کھلا چھوڑ آئی تھی اس لیے اب دھواں اتنا گاڑھا ہو گیا تھا کہ ہاتھ کو ہاتھ سجھائی نہیں دیتا تھا۔ قصاب نے گھبراہٹ میں اپنی سیٹ کی گدی اٹھا کر سینے سے بھینچ رکھی تھی۔ پروفیسر صاحب کشتی کا واحد حفاظتی جیکٹ اٹھا کر زیب تن کر چکے تھے۔ نوجوان کے منہ سے بوکھلاہٹ کے باعث پائپ نیچے گر چکا تھا۔ بھورے بالوں والی خاتون نوجوان کی طرف بھاگی اور منت سماجت کرتے ہوئی بولی۔

"مجھے بچا لو۔۔۔۔۔۔۔۔۔مجھے بچا لو۔۔۔۔۔۔۔۔۔۔۔مجھے تو تیرنا بھی نہیں آتا۔"

نوجوان تھر تھر کانپتی آواز میں بولا: "میں بھی نہیں جانتا تیرنا۔" حالانکہ وہ

تھوڑا بہت تیر نا جانتا تھا۔ کم از کم اتنا تو ضرور جانتا تھا کہ آدھ گھنٹے کے قریب پانی کی سطح پر رہ سکتا، مگر تن تنہا۔ اس سے مایوس ہو کر خاتون نے قصاب سے مدد کی امید باندھی۔ مگر وہ اس وقت دونوں ہاتھ پھیلا لا کر منت مان رہا تھا۔ "اگر اس مصیبت سے میں زندہ بچ جاؤں تو اپنی جان کا صدقہ تین بھیڑیں قربان کروں گا۔"

سب سے بری حالت پروفیسر کی تھی حالانکہ اسے اپنے بڑا بہادر ہونے کا دعوی تھا۔ ابھی اسی روز صبح یہ پڑھاتے ہوئے کہ سقراط نے کیسے زندگی کو حقیر جان کر ٹھکرا دیا تھا، اس بات کا دعوی کیا تھا کہ ایک حقیقی فلسفی کے لئے ایسی راہ عمل اختیار کرنا بالکل معمولی بات ہوتی ہے اور یہ کہ وہ خود بھی سقراط کی طرح ہنستے مسکراتے موت کا خیر مقدم کر سکتا ہے۔ لطف کی بات یہ ہے کہ طلباء کے ساتھ ساتھ وہ خود اپنے آپ کو بھی اپنے اس طرز عمل کے بارے میں یقین دلانے میں کامیاب ہو گیا تھا۔

اس وقت میٹ بالٹی میں پانی بھر رہا تھا۔ عورت اس کے بالوں سے اٹے سینے سے چمٹ کر چلائی۔

"خدا کا واسطہ ہے مجھے اکیلے چھوڑ کر نہ چلے جانا۔ ہر گز نہ جانا مجھے چھوڑ کر۔"

وہ یونہی شور مچا رہی تھی کہ ادھر سے کپتان کی آواز سنائی دی۔ "ہنگامہ مت کرو۔ یہ کیا ہو رہا ہے؟ تم لوگ ضرور اس کشتی کو ڈبو کے رہو گے۔"

غصے میں ہونے کے باوجود کپتان کی آواز میں کوئی ایسا جادو تھا جس سے سب کو سلامتی کا پیغام مل رہا تھا۔ کیا آگ پر قابو پا لیا گیا تھا؟ جی ہاں، آگ بجھا لی گئی ہو گی ورنہ کپتان کو انہیں یوں جھڑکیں پلانے کی مہلت کیسے مل سکتی تھی۔ اور پھر میٹ

بالٹی میں بچا ہوا پانی دوبارہ سمندر میں کیسے انڈیل سکتا تھا؟

کپتان پھر بولا۔ "خدا جانے کیسے لوگوں سے پالا پڑا ہے۔"

پروفیسر کے مطابق کپتان کا غصہ بالکل جائز تھا۔ وہ اپنا کالر سیدھا کرتے ہوئے کھؤ کھؤ کر کے کھانسا اور ابھی کہنے ہی کو تھا کہ "حضرات، یہ گھبراہٹ چہ معنی دارد؟ خاموش ہو جایئے۔" مگر اچھا ہی ہوا کہ وہ یہ الفاظ نہ کہہ پایا۔ کہتا بھی کیسے؟ ابھی تک حفاظتی جیکٹ اس کے جسم پر ہی رونق افروز تھا۔

کشتی کا انجمن ایک دوبار رکا اور پھر دوبارہ مزے مزے سے چلنے لگا۔ کپتان اب واپس اپنی جگہ پر پہنچ چکا تھا۔ وہ ابھی تھوڑی ہی دیر پہلے تک آگ کی وجہ سے لال سرخ ہو جانے والی کشتی کے انجن کو، اور شور و غوغا کرنے والے مسافروں کو جلی کٹی سنا رہا تھا۔ مگر کسی نے ذرا بھی برا نہ منایا۔ برا بھلا کہتا ہے تو کہتا رہے، گالیاں دیتا ہے تو دیتا رہے گا۔ چاہے تو بیشک سب کو پیٹ بھی لے۔ کیا یہی کچھ کم ہے کہ اس نے ہم سب کی جان بچالی ہے۔

میٹ اب اپنی قمیص کے بازو سے پسینہ خشک کر رہا تھا۔ صاف نظر آرہا تھا کہ اس پورے ہنگامے میں کپتان سے کہیں زیادہ یہ بیچارا تھکن کا شکار ہوا تھا۔ کوئی پندرہ منٹ بعد ہر چیز اپنے معمول پر آچکی تھی۔ یوں لگتا تھا جیسے ہوا گلا گھونٹتے کثیف دھوئیں کے ساتھ ساتھ موت کے خطرے کو بھی عرشے پر سے اچک کر اڑا لے گئی ہے۔

عرشے پر بجھے بجھے بلب کی روشنی میں اب پھر وہی چار مسافر بیٹھے تھے۔ چار مسافر جو سب کے سب اپنے آپ میں ڈوبے ہوئے تھے۔ خاتون بظاہر خاصے سکونِ

طلب سے ہمکنار ہو چکی تھی۔ وہ سگریٹ بھی پی رہی ہوتی اگر اس کے ہاتھ کچھ ضرورت سے زیادہ ہی کانپنا نہ شروع کر دیتے۔

نوجوان حسبِ سابق پائپ کے کش لگا رہا تھا البتہ اب اس کی نگاہیں خاتون کے گھٹنوں پر مرکوز نہیں تھیں۔ پروفیسر پیچھے گھر میں اپنی منتظر گول مٹول بیوی اور لال لال گالوں والے بچوں کے بارے میں سوچ رہا تھا۔ جنہیں اب وہ پہلے کی نسبت کہیں زیادہ پیار کرنے لگا تھا۔

جہاں تک قصاب کا تعلق ہے تو وہ تھوڑی دیر پہلے مانی گئی منت کی تین بھیڑوں کی تعداد گھٹا کر دو کرنے کی خاطر اپنے ضمیر کو بہکانے میں مصروف تھا۔ وہ اپنی اس کوشش میں کامیاب بھی ہو چکا تھا۔ اور کامیاب بھی اس حد تک کہ جونہی بڑے جزیرے کی روشنیاں دکھائی دینے لگیں، قصاب کی قربانی کی بھیڑوں کی تعداد گھٹ کر ایک ہوگئی۔ اس ایک بھیڑ کو بھی وہ عید قربان پر ذبح کرنے کا عہد کر چکا تھا۔

منزل مقصود پر پہنچتے ہی کشتی پر سے کود کر نیچے اترنے والا پہلا شخص پروفیسر تھا۔ اس کے بعد گورا چٹا نوجوان جو سیٹیاں بجاتا، ڈانس میوزک کی دھنیں سناتا چلا جا رہا تھا۔ قصاب بھاگتا بھاگتا، اچھلتا کودتا، ایک بچے کی طرح دیکھتے ہی دیکھتے نظروں سے

اوجھل ہو گیا۔ بھورے بالوں والی خاتون کی باری سب سے آخر میں آئی۔ اسے ہمت نہیں پڑ رہی تھی کہ ڈولتی کشتی میں سے چھلانگ لگا کر ساحل پر جا اترے۔ میٹ نے ہاتھ بڑھا کر اس کی مدد کرنے کی پیشکش کی مگر خاتون بھلا اس پسینے کی بو والے، میلے کچیلے کپڑوں میں ملبوس شخص کا بازو تھامنے پر کیسے راضی ہو سکتی تھی؟ اس

نے ہچکچاتے ہوئے اناڑیوں جیسی جست لگائی اور خود کو ساحل پر پہنچا دیا۔ پھر اپنی جوتی کی ایڑیوں کے بل نہایت پُر وقار طریقے سے خراماں ساحل سے دور ہوتی چلی گئی۔

***

خاکروب

اورحان کمال

دس سال تک خاکروب کا کام کرنے کے بعد جس روز پستہ قد، جھریوں کے مجموعے، بوڑھے ہیلو کو کام سے نکال دیا گیا اس سے اگلے روز وہ پہلی مرتبہ محلے میں گھوڑا گاڑی کے بغیر داخل ہوا۔ وہ کانوں سے نیچے تک ڈھلکی ہوئی سرکاری ٹوپی، ایک بڑے سائز کا کوٹ جس کے کندھے دونوں طرف سے ڈھلکے ہوئے تھے، گھسی پٹی پتلون اور گھسی ہوئی ایڑیوں والے بھاری بھرکم فوجی بوٹ پہنے محلے کے عین مرکز میں پہنچ کر رک گیا۔

دس سال، دس لمبے سال ہر روز صبح کے وقت اپنے گھوڑے کی باگ کھینچے وہ آہستہ آہستہ اس محلے میں داخل ہوتا۔ محلے والوں کی کوئی بات اس سے چھپی ہوئی نہ تھی۔ وہ ایک ایک کر کے تمام گھروں کے دروازے کھٹکھٹاتا، "ہے یا نہیں ہے؟" کہہ کر پوچھتا۔ اگر ہوتا تو اٹھالیتا ورنہ اسے انتظار کروا کر کچھ دیر بعد "نہیں ہے، ہمارا کوڑا کرکٹ نہیں ہے!" کہنے والوں پر بالکل غصہ نہ کرتا۔

اس طرح وہ سخت تپتی کئی گرمیاں آندھی طوفانوں اور پالے والی کئی سردیاں گزار چکا تھا۔ اسی قسم کے ایک سردی کے موسم میں اس کی بیوی مر گئی تھی۔ اس

کے تینوں بیٹے بھی اسی طرح کی سردی کے موسموں میں اسے بلدیہ کے اصطبل میں چھوڑ کر روٹی کی تلاش میں پردیس چلے گئے تھے اور کئی سال ہوئے اسے خستہ حال اصطبل میں ہی بھول بھال گئے تھے۔ مگر اسے اس بات کی کوئی پرواہ نہ تھی۔ گرم گرم گوبر کی بو والے اس اصطبل سے آج وہ کتنی زبردست حسرتیں لیے جدا ہو رہا تھا۔ اس کے بچوں کی پیاری 'چاندی" اسی اصطبل میں اس کے ہاتھوں میں پیدا ہوئی تھی اور اسی کے کھر کھرے تلے اسی اصطبل میں بڑی ہوئی تھی۔

اسے "چاندی" سے کس قدر پیار تھا! چاندی بالکل انسانوں جیسی تھی۔ "رک جاؤ" کہنے سے رک جاتی، "واہ" کہنے سے پھر چلنے لگ جاتی۔ چاندی کی ماں کا نام "نظر بٹو" تھا۔ نظر بٹو کی ماں "مرجان" تھی اور مرجان کی ماں "بید"۔ مگر چاندی سے بڑھ کر کوئی بھی نہ تھی۔ "چاندی" کہو تو رک جاتی، پلٹ کر دیکھتی تھی۔ جس روز اس کا پاؤں دہرا ہو گیا تھا اس رات وہ کیسے فریادیں کرتی رہی، اپنی سرمئی آنکھوں سے کیسے اشک بہاتی رہی تھی!

چاندی بالکل انسانوں جیسی تھی۔

اس کے دماغ میں اچانک ایک خیال آیا۔

"اگر "بولو والے "نے چاندی کی پٹائی کر دی تو!"

اس کی بھنویں تن گئیں۔ اس نے اپنی سرکاری ٹوپی سر سے اتار کر ہاتھ میں پکڑ لی۔

"مارے گا۔ وہ ضرور مارے گا!" اس نے اپنے آپ سے کہا۔

اس نے غصے سے محلے کی طرف نظر دوڑائی۔ بھلا اس محلے والے کیوں صبح

جلدی نہیں جاگا کرتے تھے؟

اگر وہ جاگ اٹھتے اور انہیں پتہ چل جاتا کہ ہیلو کو نکال دیا گیا ہے تو وہ آپس میں اتفاق کر کے بلدیہ کے میئر کے پاس جا کر کہتے:

"بولو والے کو خاکروب کے کام کی کیا سمجھ بھلا؟ وہ تو ابھی ہاتھ میں کھر کھرا بھی ٹھیک طرح نہیں پکڑ سکتا۔ ہیلو ہمارا دس سال پرانا خاکروب ہے۔ چاندی اس کے ہاتھوں میں پیدا ہوئی تھی۔ ہم اس کے علاوہ کسی کو اپنا خاکروب نہیں بننے دیں گے۔ ممکن ہی نہیں، کسی اور کو نہیں بننے دیں گے۔ خاکروب ہو گا تو ہیلو ہو گا ورنہ نہیں چاہیے ہمیں کوئی اور خاکروب!"

اگر وہ اپنی بات پر ڈٹے رہیں۔ ڈٹے رہیں تو بلدیہ کا میئر صفائی کے کاموں کے ڈائریکٹر کو بلوا کر کہے کہ: "ہیلو کو کیوں نکال دیا ہے تم نے کام سے؟ ہیلو اس محلے کا دس سال پرانا خاکروب ہے۔ چاندی اس کے ہاتھوں میں پیدا ہوئی تھی۔ بولو والا تو ابھی ہاتھ میں کھر کھرا بھی اچھی طرح نہیں پکڑ سکتا۔ تو بولو والے کو نکال دو اور ہیلو کو رکھ لو۔ چلو جلدی کرو۔ ابھی!"

اس کے دل میں ایک امید ابھری۔ اس کی آنکھیں چمک اٹھیں۔ اس کے جھریوں والے چہرے پر مسکراہٹ چھا گئی۔

یہ سب کچھ ناممکن بھی تو نہیں تھا۔ وہ محلے کے سب گھروں کی دہلیزوں اور کنڈیوں کو، کوڑے کے ڈبوں کو یہاں تک کہ محلے کے کتوں اور بلیوں کو بھی زبانی جانتا تھا۔ اس صورت میں کیا اس محلے والے ہیلو کے بغیر گزارہ کر لیں گے؟ اس محلے میں تو اتنے بڑے بڑے لوگ رہتے ہیں کہ بلدیہ کا میئر بھی ان کے سامنے ہاتھ

ملتا رہ جائے۔

"ٹھہرو ذرا تم" اس نے اپنے آپ سے کہا۔ "وہ کہتے ہیں ناں اگر گرمیاں ہیں تو خزاں بھی تو ہے ناں۔ اگر بولو والے کا پیچھا مضبوط ہے تو میرا ابھی تو۔"

سامنے کے کونے میں محلے کا بھنگی دکھائی دے رہا تھا۔ وہ ایک لمبے ڈنڈے والے جھاڑو سے علاقے کی گرد صاف کرتے کرتے گلی کی اینٹوں پر جھاڑو دے رہا تھا۔ ہیلو اس کے پاس گیا اور بولا:

"اللہ تمہارا کام آسان کر دے!"

بھنگی نے جواب دیا: "مہربانی ہیلو چاچا! تمہاری گاڑی کہاں ہے؟"

ہیلو نے کندھے جھٹکتے ہوئے کہا: "انہوں نے لے لی ہے۔"

"لے لی ہے کیا؟" کہیں کام سے تو نہیں نکال دیا؟"

"نکال دیا ہے۔"

"تو تمہاری جگہ کسے رکھا ہے؟"

"ہے ایک ریچھ کی اولاد۔ مگر تم ذرا ٹھہرو۔"

"تو گویا یہ بات ٹھیک ہی ہے۔ ہمارے اِبّو نے بتایا تھا مگر مجھے یقین نہیں آیا تھا۔ بڑا افسوس ہے۔ ہیلو چاچا، بڑا افسوس ہے!"

"اِبو نے بتایا تھا تمہیں؟"

"اِبو نے ہی بتایا تھا بیچارے نے۔ بڑے افسوس سے بتایا تھا۔ اسے بڑا دکھ ہوا تھا، بہت زیادہ۔"

"اِبو اچھا بچہ ہے۔ جوانمرد بچہ ہے۔"

"تو اب تم کیا کام کرو گے؟"

"میں کیا کام کروں گا؟ ٹھہرو ذرا۔ اللہ کریم۔"

اس نے پھر محلے پر نظر دوڑائی اور بولا:

"اس محلے کے لوگ۔ کیا تم جانتے ہو اس محلے کو؟ اس محلے کے لوگ بولو والے کو کسی حالت میں کوڑا کرکٹ نہیں اٹھانے دیں گے۔ توبہ کرو! جانتے ہو کیوں ؟۔۔ وہ تو ابھی گھوڑی کے کھر کھرے کو بھی ٹھیک طرح نہیں پکڑنا جانتا! کیا محلے والے نہیں جانتے یہ بات۔ اس محلے میں میرے اتنے حمایتی لوگ ہیں کہ۔"

اتنے میں ان کے قریب کے ایک گھر کا دروازہ کھلا اور پھر بند ہو گیا۔ ہیلو نے کہا" آہا! ہمارے ایڈوکیٹ صاحب تھے"

اس کے دل کی دھڑکن تیز ہو گئی۔ ایک امید، ایک بھرپور روشنی کی کرن۔ یہ وکیل صاحب بڑی میٹھی زبان والے ہنس مکھ آدمی تھے۔ عید کے موقع پر دل کھول کر بخشش دیا کرتے تھے۔ ایک عید پر تو انہوں نے اسے وہ سگریٹ بھی عنایت کئے تھے جن کا ایک سرا سنہری ہوتا ہے۔ وہ بولا:

"یہ ایڈوکیٹ صاحب ہیں ناں۔ یہ اتنا کچھ جانتے ہیں کہ تمہارا بلدیہ کا میئر بھی اس کے سامنے اپنی پچھلی ٹانگوں پر کھڑا ہو جاتا ہے۔!"

بھنگی: " یہ بات ہے، ہیلو چاچا؟ یہ بڑے لوگ یہ سب کہاں سے سیکھتے ہیں؟"

ہیلو کی آنکھیں جگمگا اٹھیں۔ بولا: "کمانڈروں کے سکول میں!"

وہ فٹ پاتھ کے سامنے ایک اونچی جگہ پر جا کھڑا ہوا۔ سر سے ٹوپی اتار دی۔ لمبے قد کا، چوڑے کندھے والا وکیل ایک سخت سیب کی طرح چمک رہا تھا،

خاکروب ہیلو اور بھنگی کے آگے سے آہستہ آہستہ گزرتے ہوئے اس نے سر ہلا کر انہیں سلام کیا مگر کچھ پوچھنے کی زحمت نہ کی۔ ہیلو ہکا بکا ہو کر وکیل کو پیچھے سے دیکھتا رہ گیا۔ بھنگی بولا:

"کم از کم اس کے جوتوں کی چرچراہٹ تو سنائی دینی چاہیے تھی۔"

ہیلو نے کوئی جواب نہ دیا۔ آخر محلہ صرف ایک اس وکیل پر ہی تو مشتمل نہیں تھا کہ عین اس وقت ایک اور گھر کا دروازہ کھلا۔ ہیلو اس گھر سے نکل کر باہر آنے والے روئی کے موٹے تازے تاجر کا بھی امید باندھے انتظار کر رہا تھا۔ وہ پھر فٹ پاتھ کے سامنے ایک اونچی جگہ پر جا پہنچا اور ٹوپی اتار کر کھڑا ہو گیا۔ یہ شخص بھی وکیل کی طرح ان دونوں کے سامنے سے گزر گیا۔ اس نے بھی ان سے حال احوال نہ پوچھا۔ بلکہ ان کی طرف دیکھا تک نہیں۔

دروازے کھلتے بند ہوتے رہے، کام کاج پر جانے والے اور طلباء وہاں سے گزرتے رہے مگر کسی نے اس میں دلچسپی کا اظہار نہ کیا۔ بھنگی نے بھی ہیلو سے کہا: "اپنی جان نہ جلاؤ۔ انشاء اللہ سب ٹھیک ہو جائے گا۔"

جب وہ یہ کہہ کر وہاں سے روانہ ہو رہا تھا تب ہیلو کی تمام امیدوں پر پانی پھر چکا تھا۔ اپنی خالی خالی آنکھوں سے دیر تک محلے کی طرف دیکھتا رہا اور پھر فٹ پاتھ پر جا نکلا۔ دونوں ہاتھوں سے سر پکڑ کر بیٹھ گیا۔

سورج اچھی خاصی بلندی پر پہنچ چکا تھا۔ محلے کی مشرقی جانب والی کھڑکیاں تپ کر سرخ ہو رہی تھیں۔ تنگ گلیوں میں ایک گلی سے ایک کُبڑی بڑھیا نکلی۔ اس کے ہاتھ میں ایک بڑی سی ٹوکری تھی۔ وہ اپنے آپ سے باتیں کرتی آ رہی تھی کہ اس

کی نظر ہیلو پر جا پڑی۔ بولی:

"ہیں، یہ کیا؟ اس شریف آدمی کی گاڑی کیا ہوئی؟"

پھر وہ اس کے قریب گئی اور پوچھا: "تمہاری گاڑی کہاں ہے؟"

ہیلو نے سر اٹھایا اور بڑھیا کی طرف دیکھا۔ پھر کہنے لگا:

کوئی نہیں اماں، کوئی نہیں۔ اب میرے پاس گاڑی کوئی نہیں ہے۔

"کیوں؟ کیا ہوئی تمہاری گاڑی؟"

"انہوں نے لے لی ہے۔ انہوں نے مجھے کام سے نکال دیا ہے۔۔"

"کیوں نکال دیا ہے؟"

"میری جگہ انہوں نے صفائی کے ڈائریکٹر کے ایک آدمی کو رکھ لیا ہے۔"

اس نے بڑھیا کی طرف آخری امید کے ساتھ دیکھا۔ اس کے سامنے آلتی پالتی مارے بیٹھی بڑھیا بولی:

"ٹھیک کہتے ہو! کیا یہ بے جا جانبداری نہیں ہے؟ کیا انہوں نے میرے سادات کو بھی اس کے معمولی سے کام سے نکال کر اس کی جگہ اس سرخ ہونٹوں والی منحوس عورت کو نہیں رکھ لیا تھا؟ میں اس لئے نہیں کہہ رہی کہ وہ میرا پوتا ہے۔ سادات کی طرح کا شریف اور لائق بچہ کہاں ملتا ہے اس زمانے میں؟ نہ وہ عیش و عشرت کرتا ہے، نہ سگریٹ پیتا ہے، اور نہ ہی اسے کسی بری جگہ سے واقفیت ہے۔ ہمارا یہ معصوم بچہ اپنی تنخواہ میں اضافے کی امید کر رہا تھا۔ اور میں کہتی تھی کہ اس کی اضافے کے ساتھ ملنے والی تنخواہ سے دو بوری کوئلہ لے کر ایک گوشے میں ڈال لیں گے۔ کیونکہ یوں لگتا ہے اس سال غضب کی سردی پڑنے والی ہے۔ کیا تمہیں

پتہ ہے غضب کی سردی کیسی ہوتی ہے؟ جب وہ شروع ہوتی ہے تو انسان کی چیخیں نکل جاتی ہیں۔"

"کیسے نہیں جانتا میں؟ میری "چاندی" اسی قسم کی سخت سردیوں میں پیدا ہوئی تھی۔ اسی سال تو کہتے تھے ناں کہ ٹیلی فون کے تار بھی ٹوٹ گئے تھے۔ زمین پھٹ گئی تھی۔ لیکن اصطبل خوب گرم تھا۔ کیوں بھلا؟ اس لئے کہ میں بیلچے سے گوبر کو ہٹاتا نہیں۔ میں کہتا ہوں اسے یہیں رہنے دو۔ اس سے اصطبل خوب گرم رہتا ہے۔ ایک روز آدھی رات کا وقت تھا کہ ماں، یہ میری "چاندی" ہے ناں، اس کی ماں کی بات کر رہا ہوں۔ "نظر بٹو" نام تھا اس کا۔ خدا کی حکمت دیکھو۔ یہ گھوڑوں کی ذات بھی حاملہ عورتوں کی طرح کراہتی ہے۔ اس رات باہر گھٹنوں تک برف پڑی ہوئی تھی۔ طوفان اتنا شدید کہ یوں لگتا تھا کہ ابھی اصطبل کو بھی اڑا کر لے جائے گا۔ مگر اصطبل اندر سے خوب گرم تھا! میں ماں کو بتانا چاہتا تھا کہ یہ جو دکھائی دے رہا ہے یہ "چاندی" کا سر ہے۔ مگر تم بیچاری "نظر بٹو" سے پوچھتی تو پتہ چلتا کہ کس حال میں ہے! اس کی آنکھوں سے آنسو ہی آنسو ٹپک رہے تھے۔ کس طرح دیکھ رہی تھی! پریشان پریشان، مایوس مایوس!"

اس نے پھر اپنا سر دونوں ہاتھوں سے تھام لیا۔ وہ اپنے کھلے کھلے کپڑوں میں بالکل ہی چھوٹا سا نظر آرہا تھا۔

"چاندی انسانوں کی طرح تھی"۔ یہ کہتے ہوئے اس نے سر ہلایا۔ "میں اسے کہتا تھا رُک جاؤ تو وہ رک جاتی تھی، واہ کہتا تھا تو چل پڑتی تھی۔ چاندی بالکل انسانوں کی طرح تھی۔ بات سمجھتی تھی۔ چاندی کہو تو پلٹ کر دیکھتی تھی۔ چاندی روتی بھی

تھی، کراہتی بھی تھی، اور ہنستی بھی تھی۔ بالکل انسانوں جیسی تھی۔ واہ میری بچی واہ!"

اُسے احساس بھی نہ ہوا کہ بڑھیا تو کب کی وہاں سے جاچکی تھی۔ وہ فٹ پاتھ کا سہارا لے کر اُٹھ کھڑا ہوا۔ جھریوں سے بھرا، چھوٹا سا بے حال ہیلو آہستہ آہستہ محلے سے نکل کر چلا گیا۔

***

ایک تھا بادشاہ

عزیز نہ سن

ایک دفعہ کا ذکر ہے کہ اسی کرہ ارض پر ایک ایسا ملک آباد تھا جہاں باتیں بہت زیادہ ہوتی تھیں اور کام بہت کم۔ پرانے زمانے میں جس طرح باقی سب ملکوں میں ایک ایک بادشاہ ہوا کرتا تھا، اس ملک میں بھی ایک بادشاہ حکمران تھا۔ رعایا کو بادشاہ ایک آنکھ نہ بھاتا۔ رعایا تو خود رعایا، بادشاہ کے محل والوں کو بھی اس سے سخت نفرت تھی۔ سچ پوچھیے تو بادشاہ سلامت تھے ہی اس قابل کہ لوگ ان سے نفرت کرتے۔ عوام کو بادشاہ سے جس قدر نفرت تھی ولی عہد سے اتنی ہی محبت تھی۔ وہ پوری سلطنت کی قدر و منزلت اور چاہت کا واحد حقدار تھا۔ چھوٹے بڑے، مرد عورت سب ولی عہد کو بے حد چاہتے۔ اس کا اشارہ پاتے ہی ہر شخص اس کی خاطر جان قربان کرنے کو تیار ہو جاتا۔ محبت کا یہ جذبہ یک طرفہ نہیں تھا۔ ولی عہد کو بھی وطن اور عوام سے بہت پیار تھا۔ وہ جب کبھی بادشاہ سلامت کی کڑی نگرانی سے بچ کر سیر سپاٹے کے بہانے محل سے باہر نکلتا ملک کے اجاڑ بیابان علاقے اور خشک اور ویران زمینیں دیکھ کر خون کے آنسو بہاتا۔ اکثر اسے بلند آواز میں کہتے سنا گیا:

"آہ میرے پیارے وطن کیا تیری یہ زمین ہمیشہ یوں ہی ویران پڑی رہے

گی؟" کبھی اس کا گزر کسی دلدل بھرے علاقے سے ہوتا تو کہتا:

"اگر کسی طرح اس دلدل کے علاقے کے پانی کا رخ بنجر زمینوں کی طرف موڑ دیا جائے تو کتنا اچھا ہو۔ ایک طرف سوکھی پیاسی زمینیں سرسبز اور شاداب ہو جائیں تو دوسری طرف یہ دلدل بھرا علاقہ آباد ہو جائے۔ اس طرح بیماری سے بھی نجات مل جائے اور بھوک ننگ سے بھی۔"

ملک کے اخبار نویسوں اور صحافیوں کو ولی عہد سے خاص انس تھا۔ خود ولی عہد بھی رعایا کے تمام طبقوں میں سب سے زیادہ صحافیوں کو چاہتا تھا۔ جب کبھی اسے بادشاہ سلامت کی طرف سے اخبارات و رسائل پر ڈالے جانے والے ناجائز دباؤ کا احساس ہوتا وہ سخت پریشان ہو کر کہتا: "جس ملک میں پریس آزاد نہیں، وہاں جمہوریت کبھی پروان نہیں چڑھ سکتی۔" ولی عہد کو جب موقع ملتا صحافیوں سے خفیہ پریس کانفرنس کرتا۔ ان کے مسائل نہایت غور سے سنتا۔ ان کی مشکلات پر پریشانی کا اظہار کرتا۔ ادھر صحافی بھی ولی عہد کے ارد گرد اس امید سے جمع رہتے کہ شاید وہ کسی روز بادشاہ کا تختہ الٹ دے اور اس کی جگہ خود تخت پر بیٹھ جائے تو پریس کو مکمل آزادی نصیب ہو جائے۔

بعض اوقات ولی عہد صحافیوں کو بڑی بڑی ضیافتیں کھلاتا۔ ان کے ساتھ تصویریں کھنچواتا۔ کبھی کبھی ان تصویروں کی پشت پر یہ عبارت لکھ اخبار نویسوں کو دیتا۔ "دوستی کے بہترین دنوں کی یادگار۔" اس عبارت کے نیچے اپنے پُر خلوص دستخط بھی ثبت کر دیتا۔

آزادی تقریر و تحریر کے حامی ولی عہد سے ملک کے فنکاروں کو بھی بڑا لگاؤ تھا۔

ولی عہد کے قدر دانوں میں کم آمدنی والے سرکاری ملازم اور محنت کش طبقے کے لوگ بھی شامل تھے۔ انہیں مکمل یقین تھا کہ اگر ولی عہد تخت نشین ہوا تو ان کے تنگی کے دن بھی ہمیشہ ہمیشہ کے لئے ختم ہو جائیں گے۔ کاشتکار بھی ولی عہد کے بہی خواہ تھے۔ ہر شخص اس امید پر زندہ تھا کہ وہ بادشاہ بنے گا تو ملک کو جنت نشان بنا دے گا۔ بادشاہ کو ولی عہد کے اس قدر ہر دلعزیز ہونے کا احساس ہوا تو اس نے اس بیچارے پر ظلم و ستم ڈھانا شروع کر دیا۔ عوام سے ملنے اور بات چیت کرنے پر پابندی لگا دی۔ کچھ عرصہ بعد محل کے ایک کمرے میں اسے نظر بند کر دیا گیا۔ پھر ہیرے جواہرات، نوجوان خوب صورت لونڈیاں اور اسی قسم کے دوسرے لالچ دے کر اس کا منہ بند کرنے کی کوششیں کیں لیکن ولی عہد کے دل میں رعایا اور وطن کے بہبود کی ایسی دھن سما چکی تھی کہ اس نے ان چیزوں کی طرف آنکھ اٹھا کر بھی نہ دیکھا۔ اسے نہ اپنی جان کی پروا تھی اور نہ عیش و عشرت یا آرام طلبی کی۔

شاہی محل کا تمام سٹاف اور بادشاہ کے وزراء بھی ولی عہد سے دلی ہمدردی رکھتے تھے۔ وہ اس کے خفیہ طور پر لکھے ہوئے مکتوب چوری چوری اخبار نویسوں تک پہنچاتے۔

آخر کار وہ دن بھی آ گیا جب رعایا نے بادشاہ کے ظلم و ستم کی تاب نہ لاتے ہوئے ملک کے روشن خیال طبقے کی رہنمائی میں علم بغاوت بلند کر دیا۔ بادشاہ کو تخت سے اتار کر ولی عہد کو بادشاہ بنا دیا گیا۔ عوام نے خوشیوں کے شادیانے بجائے اور شاہی محل کے اراکین نئے بادشاہ کو اس عظیم الشان کامیابی پر مبارکباد دینے گئے۔ نئے بادشاہ نے ان سب کو بہت غور سے دیکھا اور پھر حیرت بھری آواز میں پوچھا

"آپ کون ہیں؟"

وہ بڑے حیران ہوئے۔ اور حیران کیوں نہ ہوتے؟ جس شخص کو بادشاہ بنانے کے لئے انہوں نے سالہا سال سنگین خطرات مول لئے اور اپنی جان خطرے میں ڈالتے ہوئے بغاوت کر کے اس کے لئے تخت و تاج خالی کروایا وہی شخص اب انہیں پہچاننے سے انکار کر رہا تھا۔ آخر ایک شخص نے آگے بڑھ کر اپنا تعارف کروایا:

"بادشاہ سلامت میں وہی ناچیز خادم ہوں جو شاہی محل میں آپ کی نظر بندی کے دوران اپنی قیمتی جان ہتھیلی پر رکھ کر آپ کے خفیہ مراسلات اخبارات کو پہنچاتا تھا۔"

بادشاہ گہری سوچ میں ڈوب گیا۔ دماغ پر زور ڈالتے ہوئے بولا "یہ کب کی بات ہے؟ مجھے تو کوئی ایسا واقعہ یاد نہیں آتا۔ میں نے تو تمہیں آج زندگی میں پہلی بار دیکھا ہے۔" ایک اور شخص نے آگے بڑھ کر عرض کی: "عالی جناب، آپ مجھے تو ضرور پہچان لیں گے۔ میں وہی شخص ہوں جو راتوں کو چوری چوری آکر آپ کو پرانے بادشاہ کے تخت کو پلٹنے کی مختلف اسکیمیں پیش کیا کرتا تھا۔ ان اسکیموں پر عمل درآمد کرانے کا شرف بھی مجھی کو حاصل ہوا۔" بادشاہ نے بے رخی سے جواب دیا "تم نے ضرور کوئی خواب دیکھا ہو گا۔ مجھے ان باتوں کی کچھ خبر نہیں۔" ان لوگوں نے لاکھ کوشش کی مگر بادشاہ کسی کو پہچان نہ سکا۔ اگلے روز ایک وفد بادشاہ کو مبارک باد دینے آیا۔ بادشاہ نے سب کو باری باری سر سے پاؤں تک بغور دیکھا پھر بولا "میں آپ حضرات میں سے کسی کو بھی نہیں جانتا۔ میرے خیال میں اس سے پہلے آپ لوگوں سے کبھی ملاقات نہیں ہوئی۔" ایک اخبار نویس نے بادشاہ سے کہا

"عزت مآب، یہ کیسے ہو سکتا ہے کہ آپ مجھے بھی نہیں پہچانتے جسے آپ نہایت بے تکلفی سے "میرے بھائی" کہا کرتے تھے۔ جب ملاقات ہوتی میرے گلے لگ کر بوسا دیا کرتے تھے۔ یہاں تک کہ اکثر آپ مجھے مل کر ہائے آزادی۔ ہائے آزادی پکار پکار کر آنسو بہاتے تھے۔"

"کون، میں آنسو بہایا کرتا تھا؟"

"جی حضور آپ۔"

"لیکن کب؟"

"اکثر۔ بادشاہ بننے سے صرف چند روز پہلے تک۔"

"لیکن کہاں؟"

"جہاں کہیں ملاقات ہوتی۔ ہر جگہ۔"

"آپ ضرور دھوکہ کھا رہے ہیں۔" بادشاہ نے بڑے اعتماد سے کہا "مجھے اس بات کا علم نہیں۔ آپ نے میری ہی شکل کا کوئی اور آدمی دیکھا ہوگا۔"

اخبار نویس نے جیب سے ایک تصویر نکالی اور بادشاہ کو دکھائی۔ یہ تصویر دونوں نے اکٹھے کھنچوائی تھی۔ تصویر پر بادشاہ کے ان دنوں کے آٹوگراف تھے جب وہ ولی عہد تھا۔ ساتھ ہی محبت بھرے الفاظ بھی درج تھے۔ بادشاہ نے تصویر دیکھی۔ لیکن نہ اپنی تصویر پہچانی اور نہ اپنے دستخط۔

لوگوں نے آپس میں صلاح مشورہ کیا۔ انہوں نے سوچا کہ وہ اچانک بادشاہت ملنے کی خوشی میں اپنی یادداشت کھو چکا ہے۔ چنانچہ اسے کھلی ہوا میں خوب سیر کروائی گئی۔ پھر اسے اسی دلدل اور بنجر علاقے میں لے گئے جسے جنت نشان بنانے کی

آرزو میں وہ تڑپتا رہتا تھا۔ بادشاہ نے بغور دلدل پر نگاہ ڈالی اور پھر پوچھا "یہ کون سی جگہ ہے، مجھے یہاں کیوں لایا گیا ہے؟۔"

"حضور یہ وہی دلدل ہے جس کے پانی کا رخ موڑ کر آپ ارد گرد کے بنجر علاقے کو سرسبز بنانے کی مختلف اسکیمیں بنایا کرتے تھے۔ جسے ایک خوبصورت جھیل کی شکل دی جانے والی تھی جہاں دنیا کے گوشے گوشے سے سیاح آنے والے تھے۔"

بادشاہ نے ایک بار پھر غور سے دلدل کی طرف دیکھا اور کہا:

"بخدا میں نے یہ جگہ زندگی میں آج پہلی بار دیکھی ہے۔ اُف، کس قدر غلیظ جگہ ہے یہ! کتنی بدبو آرہی ہے! کاش میں یہاں کبھی نہ آتا! مجھے فوراً واپس محل لے چلو۔"

الغرض نئے بادشاہ کو نہ تو اپنے ولی عہد کے دور کی کوئی بات یاد آئی اور نہ اس نے ان دنوں کے کسی دوست کو پہچانا۔ چند سیانے لوگوں نے مشورہ دیا: "معلوم ہوتا ہے بادشاہ کی یادداشت بالکل ختم ہو چکی ہے۔ بھلا دیکھیں تو سہی اپنے آپ کو بھی پہچانتا ہے یا نہیں۔" ایک روز اس کے سامنے ایک خوب صورت سنہرے فریم والا قد آدم آئینہ لایا گیا۔ بادشاہ نے آئینے میں اپنے آپ کو دیکھا، دیر تک نظریں جمائے رکھیں، پھر بولا "یہ کون شخص ہے؟"

"آپ ہیں بادشاہ سلامت۔"

"نہیں نہیں۔ یہ میں تو نہیں۔ میں تو ان صاحب کو نہیں پہچانتا! میں نے تو آج پہلی بار انہیں دیکھا ہے۔"

"جناب ذرا غور سے دیکھیے، دماغ پر زور ڈالیے، یہ آپ ہی ہیں۔"

"نہیں نہیں۔ میں نہیں ہوں۔ آیئے آپ لوگ خود دیکھیے اور فیصلہ کیجئے کہ آیا یہ میں ہوں یا کوئی اور۔"

حاضرین نے آگے بڑھ کر آئینے میں دیکھا تو ان کی حیرت کی انتہا نہ رہی۔ آئینے میں بادشاہ کے عکس کے بجائے ایک عجیب الخلقت چیز دکھائی دے رہی تھی، اس کے گدھے جیسے لمبے لمبے دو کان تھے۔ بیل جیسے دو عدد سینگ۔ بیل ہی کی آنکھوں جیسی دو موٹی موٹی آنکھیں، جسم پر بندر کی طرح لمبے لمبے بال۔ بن مانس جیسا بھاری بھرکم جسم۔ سوَر کی سی تھوتھنی اور گینڈے کی طرح منہ تھا۔ لوگوں نے بادشاہ کو حق بجانب قرار دیتے ہوئے معافی مانگی اور سب اپنے اپنے گھروں کو چل دیے۔

اس روز سے رعایا میں ہر شخص کے دل میں ایک نئی امید نے جنم لینا شروع کیا۔ ایک نیا ولی عہد، اس کی شاہی محل میں نظر بندی، موجودہ بادشاہ کا تختہ الٹ کر نئے ولی عہد کو بادشاہ بنانے کی امید۔

***